Infezione Globale:

Apocalisse Zombie - Un Thriller Apocalittico

George Craftve

"Alle 2:33 mi sono svegliata improvvisamente terrorizzata perché ho visto un grumo scuro nell'angolo della mia stanza che mi osservava incessantemente; la paura è svanita quando ho visto che era il mio cane Bob, tuttavia ho trovato insolito il fatto che mi stesse ringhiando, poi il mio corpo si è bloccato quando ho sentito una voce burbera alle mie spalle dire: "Non è a te che sta ringhiando"". **Sensazione di oscurità.**

Lasciatemi un commento e fatemi sapere cosa ne pensate. Grazie mille.

Indixe

Prefazione

In un luogo segreto sotterraneo tra le montagne di Austin, in Texas, un gruppo segreto di agenti della CIA conosciuti come gli "Estimatori" irrompe in un laboratorio di massima sicurezza chiamato UMCELL per uccidere tutti gli scienziati che hanno fatto parte del progetto ultra-segreto del governo conosciuto come ZALFA. In modo accidentale e non conforme ai loro piani, rilasciano un abominevole virus che si diffonde incontrollabilmente in tutto il pianeta. Gli infetti, nonostante l'apparenza di morti viventi, sono estremamente pericolosi e il loro unico obiettivo è annientare tutto ciò che si muove di fronte a loro.

Il protagonista di questa storia è il virologo Luke Brown, di 38 anni, che vive con la sua famiglia nella piccola città di College City, vicino ad Austin, in Texas. Sarà coinvolto in una storia emozionante dall'inizio alla fine quando l'apocalisse verrà scatenata sulla terra...

Capitolo 1
Il contagio

- Karly! Karly, tesoro, dai, svegliati! Dobbiamo andarcene subito. -Una voce maschile si sentì improvvisamente gridare all'ingresso della camera da letto di quella stanza che si illuminò per un paio di secondi e poi si oscurò di nuovo. Non era un semplice ordine, a giudicare dal suo tono di voce, indicava che si trattava di qualcosa di serio.

-Cosa c'è amore... perché... così presto a casa, se...? - Rispose titubante al marito, mentre apriva gli occhi assonnati come piattini. Non immaginava nemmeno cosa diavolo stesse succedendo. E perché suo marito fosse tornato a casa dal lavoro così presto, quando aveva appena iniziato il suo turno, cosa che non aveva mai fatto prima. - Cosa c'è, tesoro, perché sei rientrato urlando in quel modo? Mi hai spaventato... e comunque, dove vuoi che venga con te a quest'ora? - chiese ancora esitante, mentre scendeva dal letto e prendeva posto sul bordo del letto, facendo una faccia preoccupata ed esclamando: "Non dirmi che tua madre è malata". - In quel momento, era l'unica cosa logica che potesse giustificare una scena così esagerata.

-Questo è l'ultimo dei problemi. Dobbiamo partire il prima possibile. Prendi dei vestiti, io prendo i ragazzi e vado in camera loro. Ti aspetto in macchina, non abbiamo molto tempo.

- Ma tesoro... spiegati.

-Vai! Smettila di chiedere, donna", sussurrò con impazienza, mentre correva lungo un piccolo corridoio che conduceva ad alcune stanze sul retro, il suo volto ansioso indicava che stava accadendo qualcosa di terribile, a giudicare dal suo aspetto, macchiato di muschio scuro e fango appiccicoso, che si vedeva su tutti i suoi vestiti. -Non passò più di un minuto e mezzo prima che scendesse a passo spedito dall'altra scala, accompagnato dai due figli e dalla signorina, che gli stavano alle calcagna, assorti dalle strane azioni del padre.

- Ora voglio delle spiegazioni, Luke. Cosa diavolo sta succedendo, per svegliarci alle dieci di sera come se stessimo scappando da qualcosa? - esclamò Karly in tono furioso, mentre si allacciava al sedile anteriore del passeggero e i bambini prendevano posto dietro. In quel particolare momento a Karly non passò nemmeno per la testa quello che stava per iniziare.

Smettiamola di perdere tempo... là dietro, allacciate le cinture di sicurezza. Luke ordinò, mentre dava un'occhiata allo specchietto retrovisore e accendeva il motore per sfrecciare fuori da College City tra le polverose strade interstatali, evitando qualsiasi distaccamento militare che, a quell'ora, avrebbe sicuramente fatto un giro di sicurezza intorno alla contea.

- Ehi Luke, non mi piace niente di tutto questo, mi stai spaventando con il tuo comportamento", negò la moglie qualche minuto dopo, "inoltre, perché prendiamo questa strada sterrata e non la strada federale che va ad Austin? Non vedi che è pericolosa, e non ce lo dici nemmeno....

-Puoi chiudere quella cazzo di bocca, non vedi che mi rendi più nervoso di quanto non lo sia io, e se continui a gridare così ci schianteremo". - le urlò il marito senza nemmeno voltarsi a guardarla. Luke non aveva mai alzato la voce con sua moglie in 10 anni di matrimonio. E di certo non l'aveva fatto perché era scortese, ma piuttosto perché i nervi e l'incertezza che si agitavano dentro di lui in quel momento aumentavano la sua paura, facendolo agire in quel modo. La Dodge Durango 4 x 4 stava sfrecciando su una strada polverosa dove non si riusciva a distinguere più di un paio di metri e dove il pericolo di rimanere bloccati aumentava. - Perdonami, amore. Non volevo..." sussurrò improvvisamente Luke, scusandosi senza finire la frase e senza guardare davanti a sé. Karly non disse nulla e solo il silenzio fu la sua risposta.

-Sta per arrivare qualcosa di terribile. -disse all'improvviso, mentre passava la saliva, dove persino lui, che conosceva l'intero enigma, non sapeva con certezza cosa avrebbero portato le prossime ore.

-Cosa intendi dire quando dici che sta per arrivare qualcosa di terribile? - chiese la moglie, lanciandogli un'occhiata sbigottita, e poi tornando a guardare il fronte della strada tetra, dove il paesaggio stava gradualmente cambiando e stava diventando completamente boscoso.

Capitolo 2

-Quando usciremo dalla strada, vi racconterò tutto. -dichiarò, mentre estraeva la sua pistola da 9 mm dalla giacca e la metteva in una piccola fondina a lato del volante. A Karly non sembrò una buona cosa e una preoccupazione nello stomaco iniziò a diffondersi nel suo corpo fino a trasformarsi in paura.

- Cosa c'è nella pistola, Luke? -chiese, improvvisamente sorpresa, dato che non l'aveva mai portata fuori di casa da quando l'aveva comprata più di dieci anni fa. -Hai fatto qualcosa che devi dirmi, Luke? Ti prego, dimmelo", chiese ancora, ma questa volta in un sussurro. - Continuò in silenzio, mentre la Dodge proseguiva sempre più in profondità nel bosco, finché dopo un paio di strade sterrate e di bivi disse finalmente: "Non voglio che vi spaventiate per quello che sto per dirvi là dietro", comunicò ai due ragazzi. - E avvisò i due ragazzini, che non avevano più di 10 anni, e il preadolescente, che si distinguevano a malapena nell'oscurità che regnava all'interno dell'auto. Tutti annuirono e poi dissero in coro un "sì, papà" quasi impercettibile.

-Hanno ucciso tutti quelli del laboratorio. -Aveva confessato seccamente, mentre un sordido silenzio cadeva per un paio di secondi prima che un tumulto di domande da parte della moglie riecheggiasse all'interno. -Cosa hai appena detto, Luke? Cosa vuoi dire, hanno ucciso... ma quando... e chi? Spiegati meglio. - pronunciò sconcertata, pensando che fosse tutto un maledetto scherzo.

-Il governo degli Stati Uniti...

-Non capisco, cosa intendi per il nostro governo? Ehi, Luke, mi stai prendendo in giro?

-Papà, attento! Guarda cosa c'è davanti a te. -Luke frenò, mandandoli tutti a sbattere in avanti e a sbattere contro lo schienale dei sedili anteriori, ma senza gravi conseguenze.

-Quei maledetti cervi. Mi hanno quasi fatto cadere dalla scogliera. -gridò, mentre pronunciava un paio di imprecazioni e vituperi quando si rese conto che la strada sterrata era finita, perché una decina di metri più avanti una fitta macchia di alberi e sterpaglie tagliava la strada. -Fine della strada. Non resta altro da fare che proseguire a piedi. -Aggiunse, mentre Karly gli lanciava un'occhiata poco speranzosa. Anche se, a dire il vero, i suoi timori languivano per quello che il marito avrebbe poi confessato e per il motivo per cui stavano fuggendo.

- Jenny, Tom e Liam, prendete gli zaini e scendete dal veicolo. -aveva ordinato Karly, tenendo sempre d'occhio il lato destro dove si estendeva l'area boschiva più vicina e da cui l'oscurità la avvolgeva. Luke era sceso e si era incamminato verso il bordo della scogliera che iniziava a circa 4 metri sul lato sinistro della strada. Pur cercando di vederne la fine, non ci riuscì, ma era indubbiamente molto profondo e scendere non era un'opzione molto praticabile.

-Che succede, papà? -Luke non rispose, si girò e andò verso la Dodge, la mise in moto, girò il volante verso il lato della scogliera e tolse il freno a mano. Questa azione fece sì che la Dodge iniziasse a muoversi lentamente in avanti, per poi precipitare quattro metri più in basso nell'abisso del precipizio.

- Questa è l'ultima goccia", disse Karly portandosi le mani alla testa, "stai perdendo la testa. L'auto non è ancora nostra, dobbiamo due anni al concessionario e... perché l'hai fatto, Luke?

-Stai calma, tesoro! Se lasciassimo il veicolo qui, ci rintraccerebbero rapidamente. Almeno, se lo trovano in fondo a questo precipizio, penseranno due cose: primo, che abbiamo perso il controllo e siamo finiti di faccia nell'abisso, e secondo, che molto probabilmente siamo andati a sud o a est. E forse si arrenderanno, anche se ne dubito.

Nessuno della sua amata famiglia sapeva cosa stesse facendo Luke e a quali prove ed esperimenti di laboratorio avesse preso parte, e questo era il "motivo principale" per cui stavano scappando in tutta fretta.

Luke Brown, 38 anni, era un importante e rispettato virologo che lavorava come uno dei principali tester di un laboratorio noto come U.M.C.C.E.L.L., gestito dalla Central Intelligence Agency (CIA) come segreto di massima sicurezza e di cui nemmeno altre agenzie come l'FBI conoscevano l'esistenza, ad eccezione della presidenza, ma nemmeno lui sapeva molto della sua ubicazione. L'Umcell era una piccola società farmaceutica di livello 9 di biosicurezza, il più alto del suo genere gestito dal governo degli Stati Uniti. Vi si svolgevano esperimenti di ogni tipo, essenzialmente per la guerra biologica. Naturalmente, qui non esistevano leggi internazionali contro la sperimentazione umana.

Capitolo 3

A Luke e alla sua famiglia non ci vollero più di un paio di minuti per capire dove stavano andando. Così iniziarono a camminare nel buio più totale verso il lato destro dove iniziava la foresta più vicina, guidati solo dalla luce della luna piena. Verso le undici, e ben addentro alla foresta, si fermarono per ricaricare le batterie.

Dopo circa due ore, Karly e Luke si svegliarono e con cautela, per non svegliare i bambini, lasciarono la grotta isolata dove si erano rifugiati un paio d'ore prima. Dovevano parlare del motivo per cui stavano scappando, e cosa c'è di meglio che stare da soli. Da lontano, le loro ombre si intravedevano appena sotto la luna piena, che veniva nascosta da spesse nuvole. Almeno per il momento avrebbero avuto un po' di sicurezza per parlare come marito e moglie.

-I bambini dormono... Ora, Luke, voglio che tu mi dica cosa sta succedendo", disse la moglie in tono costernato, quasi supplichevole. -Chiede alla moglie costernata, quasi in tono supplichevole, di raccontargli tutto. Lui la guarda e annuisce.

-Per tutto questo tempo ho lavorato in un laboratorio gestito dal governo americano". - Confessò con aria peccaminosa, con gli occhi fissi all'orizzonte, che non era altro che un buio abissale e le macchie scure degli alberi stessi.

-E io che pensavo fossimo una vera coppia. Wow, hai fiducia in me, Luke. Non mi hai mai detto nulla. Vedo che è così che ti fidi di me. -Lei brontolò infastidita, mentre lui cercava di giustificarsi e scusarsi sottovoce per non svegliare i bambini.

-Quello che sta succedendo è che ho sempre lavorato su questioni segrete, ma niente di straordinario, se non fosse che negli ultimi nove mesi un team di circa quaranta virologi, biologi e genetisti è stato trasferito in un'area segreta sulle montagne di Austin al solo scopo di creare, sperimentare e studiare alcuni dei virus più pericolosi del pianeta.

- Questo... non posso crederci, Luke. Non può essere! - disse esitante, un po' più calma dopo aver sentito l'ultima parola.

-Era per questo che era sempre assente da casa, e ricordi quanto ti dava fastidio il suo superlavoro? All'inizio ci era stato detto solo che la creazione di virus altamente pericolosi sarebbe servita esclusivamente per la ricerca e la cura delle cosiddette malattie croniche che davano grattacapi al governo a causa degli alti costi di cura. E che, secondo le ultime ricerche, la chiave era rappresentata dai virus e dalla genetica. In linea di principio tutto era logico, concordato e, come previsto, nessuno si lamentava. Quando ho iniziato, nonostante fossi il responsabile della sperimentazione, a dire il vero, non sapevo chi ci fosse dietro a tutto questo, la Umcell o il governo, ma quale agenzia? Ma un mese dopo scoprii che chi finanziava e si occupava della sicurezza dell'intero progetto era un'ala, un gruppo segreto della stessa CIA, sconosciuto al mondo.

Così passarono i giorni e le settimane, finché un giorno riuscimmo a creare un virus sintetico particolarmente unico, basato sul virus della rabbia k1 somministrato esclusivamente ai pipistrelli. Il risultato finale fu spaventoso, anzi terrificante.

- Ma, Luke, cosa abbiamo a che fare con... Hai detto qualche ora fa che hanno ucciso tutti, ma perché?

-Ecco perché non potevo dirtelo all'epoca. Ci era stato proibito di dire qualcosa sul progetto, pena la morte, anche se si trattava del nostro coniuge. Hanno anche registrato il nostro accordo con una telecamera, che se avessimo violato quell'accordo saremmo stati uccisi insieme alle nostre famiglie. A quel punto non c'era modo di uscire dal progetto finché non fosse finito, cioè, a quel punto non sapevamo dove sarebbe andato a finire. - aveva confessato Luke, così sconvolto che persino le sue mani avevano cominciato a tremare come se sentisse un freddo terrificante.

- Mio Dio! - esclamò, sul punto di avvicinarsi e abbracciarlo, cercando in qualche modo di incoraggiarsi e consolarsi, anche se non sapeva tutta la verità. Rimasero lì per qualche minuto senza dire una parola, finché Luke decise di continuare, perché non potevano rimanere lì tutta la notte.

Capitolo 4

-Come vi dicevo all'inizio, tutto sembrava svolgersi secondo le procedure che di solito seguo in esperimenti di questo tipo, finché una notte, durante il mio turno, arrivò un gruppo d'assalto, vestito completamente di nero, probabilmente di quel gruppo della CIA di cui vi ho parlato. Non sono venuti da soli, hanno portato con sé persone ammanettate, bendate e bendate. Persone innocenti contro la loro volontà... al solo scopo di testare la nuova serie di virus che avevamo creato, compreso il virus della rabbia sintetizzato noto come virus Zalfa.

-Faccio fatica a crederci, Luke... so che sei un virologo che ha sempre lavorato nel settore privato, e all'improvviso questo... no, dimmi che è un dannato scherzo, ti prego... uno di quei reality show in cui c'è una telecamera nascosta, dai, dimmi questo! - disse, alzando leggermente la voce mentre si guardava intorno come se si aspettasse di vedere un complice dello scherzo, ma niente. -Per favore Luke, ti conosco bene, sono sicura che ha qualcosa a che fare con il fatto che siamo sposati da dieci anni, è una sciocchezza vero? - domandò ancora, mentre gli sfuggiva un leggero sorriso nervoso, come se cercasse di convincersi: "Certo, ha a che fare con il nostro anniversario, ho intenzione di...".

-Vorrei che fosse così, mia cara. Ma mi dispiace dire che quello che vi sto dicendo non è uno scherzo di nessun tipo. -Rispose lui, notoriamente convinto, che a quella vista si trattenne dal replicare. - Quando ci è stato chiesto di sperimentare sugli esseri umani, la maggior parte, se non tutti, hanno rifiutato. Dal punto di vista dell'etica, della morale e degli accordi internazionali, quello che ci veniva chiesto era inconcepibile. Ma quando ci siamo rifiutati, 5 membri sono stati uccisi davanti a noi, e questa era chiaramente una minaccia se ci fossimo rifiutati. Quella notte fu un prima e un dopo, ci rendemmo veramente conto del pericolo di aver accettato di lavorare per loro. Pertanto, non avevamo altra scelta che iniziare i test sull'uomo, e quello che pensavamo sarebbe successo non è successo... al di là dell'esca che il governo americano ha usato per convincerci ad accettare, con la storia di creare "la cura" per molte malattie degenerative, quello che intendevano veramente; era la creazione di armi biologiche, ma qualcosa è andato storto... è una cosa terribile solo ricordarlo..." disse senza finire la frase, mentre la sua voce si incrinava per l'intensa paura che gli provocava immaginare cosa sarebbe potuto accadere a tutta la sua famiglia se fossero stati trovati. - Quando abbiamo somministrato loro la prima dose del virus Zalfa, come era noto, non è successo assolutamente nulla alle persone nelle prime 24 ore. Ma l'incubo arrivò 5 ore dopo. Queste persone innocenti a cui era stato somministrato l'agente nocivo mutarono in un modo mai visto prima e teoricamente impossibile. Apparve qualcosa di assolutamente inquietante. - confessò Luke, contorcendosi per l'angoscia che lo aveva colpito.

-È difficile da accettare, ma Luke... Se tutto quello che mi stai dicendo non è realmente prodotto dal governo, ma da agenzie note a tutti, non capisco perché siamo scappati da quei... hai detto che hanno ucciso laggiù, in teoria dovrebbero essere puniti dalla legge, non credi? -disse la moglie senza ricevere una risposta immediata.

-Purtroppo le cose non funzionano così. La CIA controlla tutto. Ma non è questa la mia preoccupazione. Di tutti i virus che ho conosciuto nei miei oltre 18 anni di esperienza, posso assicurarvi che non esiste un altro virus estremamente pericoloso per l'uomo come quello che sta per arrivare". -ha detto lo scienziato in modo conciso.

-Vorrei non saperne di più, ma perché dici che è così pericoloso, che sta arrivando, cosa intendi in particolare? - chiese di nuovo costernata. Non era facile assimilare ogni verità che il marito le stava rivelando.

-Qualcosa è andato storto. In un'area del virus qualcosa è mutato e... nei topi che abbiamo usato per i test, molti virus geneticamente modificati hanno funzionato oltre ad essere armi biologiche altamente efficaci, hanno anche aiutato alcune malattie croniche, ma sapevamo che questo non aveva molta importanza per il governo da sviluppare. L'efficacia letale di alcuni dei virus creati era del 100% e per la maggior parte erano molto facili da usare ed estremamente contagiosi, insieme ai loro effetti letali invisibili, ma non erano altro che questo negli animali. Ma quando abbiamo iniziato a usarli negli esseri umani, è successo qualcosa di teoricamente impossibile a livello cellulare, trasformando tutti i pazienti zero in mostruosità che hanno stupito l'intero team. Non sapevamo perché fosse mutato quando è stato usato negli esseri umani. È stato troppo fortuito. Prima di allora, infatti, erano stati effettuati più di mille test sulle cellule del sangue utilizzando il ceppo Zalfa originale e i cambiamenti apportati in alcune malattie, come il cancro, consistevano nell'interrompere la replicazione delle cellule anormali in pochi minuti. In altri casi, la stimolazione di alcune aree del virus ha conferito resistenza alle cellule umane e, se il virus è stato usato come arma biologica, ha scatenato il caos, dall'infiammazione brutale all'uccisione della cellula in pochi secondi, il che in un individuo equivale alla morte in pochi minuti. Ma nella pratica controllata il fenomeno non si aggravava. Quindi era piuttosto anormale che accadesse qualcosa di quella portata, matematicamente una su 10 miliardi. Ma quando è stato inoculato nel sistema cellulare di persone viventi, tutto è andato fuori controllo e il virus ha iniziato a mutare in modo demoniaco. Non riesco a trovare le parole giuste per descrivere la situazione", disse Karly sbalordita, sussurrando solo il nome del marito, ma non sapendo cosa chiedere in quel momento. A causa della terribile paura che cominciava a prenderla, questa volta in modo diverso.

Capitolo 5

Non ci sono molti studi su come funziona, ma da quello che abbiamo potuto studiare distrugge le intere cellule staminali del cervello in meno di ventotto ore, poiché blocca completamente la testa di una persona, dimentica i ricordi, tutta la sua vita, tranne le funzioni psicomotorie. Indipendentemente dalla loro personalità, diventano bestie rabbiose senza motivo, con una sola cosa in mente: uccidere tutto ciò che è diverso dal loro odore e dalla loro specie. Per darvi un'immagine mentale di ciò di cui sto parlando. Sono simili agli zombie che stavate guardando tanto..., simili sì, almeno fisicamente, ma il loro comportamento è molto più inquietante e terrificante e sono molto più veloci e pericolosi. In breve, sarebbero gli alfa degli zombie, se ne esistessero di immaginari. -Su trenta persone portate contro la loro volontà in laboratorio, abbiamo capito che il virus Zalfa dava loro una forza straordinaria, almeno quattro volte superiore a quella di una persona normale, oltre alla loro velocità, soprattutto perché il virus in questione accelerava furiosamente la riproduzione cellulare a livelli teoricamente impossibili, e non ne conosciamo la causa. Ed è questo che conferisce loro le temute caratteristiche. In poche parole: non si stancano, e anche se hanno un aspetto malaticcio, scuro e cadaverico, fa parte della loro natura. La maggior parte degli abomini ha una necrosi pronunciata sulla pelle che diventa sempre più marcata fino a fermarsi a un certo punto, dando loro un aspetto grottesco e diabolico con canini leggermente ingrossati e affilati, a causa della violenta riproduzione cellulare nelle cellule ossee, oltre a una resistenza non comune negli esseri viventi. Insomma, anche se si svuota il caricatore nel loro corpo, cadono, ma si rialzano, il che li rende insolitamente pericolosi.

-Quando abbiamo condotto con successo gli esperimenti sugli esseri umani e i risultati sono stati presentati ai vertici del governo, hanno ordinato un gruppo di prigionieri, forse dal carcere di massima sicurezza di Austin, Texas, e sono stati gettati nella sezione di contenimento di massima sicurezza, e quelle creature li hanno uccisi... è stato terribile come alcune di quelle cose abbiano ucciso in modo indescrivibile più di settanta detenuti che piangevano per la loro vita dietro lo schermo protettivo. Dopo la scena brutale, c'erano solo i resti di corpi maciullati e sangue sparsi per tutta la stanza di contenimento. Dopo la scena raccapricciante, l'intera squadra rimase in silenzio mentre guardavamo terrorizzati attraverso la finestra protettiva le creature diaboliche che cercavano di avvicinarsi ferocemente a noi, sbattendo la testa contro il vetro blindato.

Purtroppo, il virus Zalpha conteneva una particolarità che all'epoca non conoscevamo: aveva un innaturale potere di contagio del 100%. Quasi tutti gli assistenti che hanno somministrato il vaccino ai due gruppi sono stati rapidamente infettati, per cui è stato necessario isolarli immediatamente in sezioni speciali del complesso. E naturalmente, come previsto, l'ala segreta della CIA è intervenuta per fare il suo lavoro e sterminarli. Nessuno di loro è rimasto vivo prima di essere trasformato in queste cose. Da quello che abbiamo potuto studiare, quando una persona viene infettata, entro le prime 5 ore inizia a manifestare comportamenti anomali, come un comportamento irregolare e aggressivo unito a una febbre brutale, praticamente questi sintomi sono i primi a manifestarsi. Ma non si tratta solo di questo...

-Dimmi che sto sognando, Luke. E se non è così, come pensi che possiamo uscire da questo posto nel cuore della notte? Non voglio restare qui, ho paura che ci trovino. -Sussurrò, visibilmente più rassegnata che terrorizzata.

-Calmati, tesoro, non ci troveranno... Non lo dico per metterti in ansia, ma per renderti consapevole di ciò che sta per accadere, in modo da poterne uscire.

-Come dicevo, dopo aver somministrato agli umani il virus Zalpha, è successo l'impensabile, almeno secondo quanto credevamo dal punto di vista biologico; ci sono state delle mutazioni anomale in alcuni geni che codificano alcune proteine per la rigenerazione, e il virus è mutato in un nuovo ceppo. I soggetti infettati da questo nuovo ceppo sono diventati creature aberranti molto più pericolose e instabili, con caratteristiche fisiche ancora più raccapriccianti. L'aggiunta di un comportamento cannibalistico ha reso impossibile per entrambi i contagiati dal virus Zalfa originale tollerarsi a vicenda. Purtroppo, entrambi i ceppi sono troppo virulenti e, non per spaventarvi, ma, Dio non voglia, è in arrivo una pandemia mondiale! - disse con più calma, evidentemente dire tutto a sua moglie lo aiutava, ma l'incertezza lo avvolgeva ancora. In una situazione del genere nessuno sarebbe stato tranquillo. Poi aggiunse: "Per rispondere specificamente a quello che mi hai chiesto sul perché siamo scappati se potevamo andare a denunciarlo, è semplice; non volevo dirtelo, ma...

- Non voglio più ascoltare Luke, questo va oltre il mio livello di interesse. - commentò esitante Karly portandosi le mani al viso, come se volesse svegliarsi dall'incubo. Ma fu un attimo, perché si affrettò a fare una domanda, anche se lo fece sperando che il marito non le rispondesse. -Non dirmi che queste sciocchezze sui video di controllo del mondo e tutte quelle cose assurde si stanno avverando?

Capitolo 6

- Non lo so, ma... Probabilmente, persone di alto livello in qualche agenzia segreta o nella CIA si sono rivelate ai piani, e hanno organizzato tutto all'ultimo minuto, ovviamente con la copertura della nostra scoperta. Sapevano che sarebbero stati inarrestabili. E queste informazioni che vi sto raccontando le ho sapute qualche sera prima che tutto questo iniziasse. Una mattina, mentre tornavo a casa dal lavoro sull'autostrada interstatale che attraversa il bosco, qualcuno ha hackerato il mio cellulare, o meglio, è stato intercettato, e mi ha lasciato un messaggio piuttosto inquietante. Quel giorno non riuscii a dormire, chiedendomi: perché io e non qualcun altro? A dire il vero, non ho una spiegazione definitiva, ma logicamente deve essere stato perché ero responsabile dell'area di sperimentazione per trovare un vaccino in grado di fermare il progressivo processo cellulare una volta che il virus Zalpha 1 e 2 si fosse attaccato alle cellule cerebrali. Naturalmente questo incidente fortuito non era stato pianificato, ma comunque, visto il rischio, ci è stato chiesto immediatamente di creare un antidoto per ogni evenienza. Di solito i virus sintetici vengono creati contemporaneamente agli antidoti, perché non si sa mai come agiranno. Così ci siamo messi all'opera per trovare una cura. Logicamente, sarebbero state disponibili solo per l'élite.

-E cosa diceva il messaggio lasciato da Luke?

-Non mi ha detto perché lo stavano facendo, ma in base al buon senso e alla logica, immagino che sia per ridurre tutti. In poche parole, il messaggio era più o meno così, con una voce modificata: "Dovete fuggire con la cura. Una volta che inizieranno a infettare in modo incontrollato i civili, niente potrà fermare l'Armageddon. Sarai l'unico che potrà almeno salvare gli esseri umani dall'estinzione. Tutto questo è stato pianificato, è solo una questione di tempo prima che la civiltà come la conosciamo crolli. Chi ha ordinato tutto questo è... (*interruzione del segnale*). Ecco perché vi prego di non presentarvi nei prossimi giorni, perché saranno uccisi, lo so perché faccio parte di coloro che se ne andranno, la CIA, ma non sono uguale a loro. Ascoltatemi. - Questo è ciò che ricordo. Ve lo farei vedere, ma una volta finito di ascoltarlo è scomparso, credo che l'abbia cancellato. All'inizio ho pensato che fosse un dannato scherzo, ma... da quello che avevo già visto doveva essere vero. E col senno di poi, quella voce misteriosa aveva assolutamente ragione. -Sembrava perso nei suoi pensieri, forse ricordando ciò che aveva vissuto poche ore prima, o forse l'incertezza di essere catturato da un momento all'altro. Sua moglie non disse nulla, si limitò a tenere gli occhi su di lui come se cercasse di assimilare ciò che non era normale.

-Quando siamo venuti qui, hai detto che tutti i presenti sono stati uccisi, e come sei riuscito a scappare?

-Ogni volta che andavo al lavoro di notte, prendevo delle scorciatoie lungo alcune biforcazioni della strada sterrata nel profondo della foresta della Contea di Luge che mi veniva ordinato di seguire ogni pochi giorni. In alcuni punti della strada mi era stato detto di spegnere i fari dell'auto, per cui era quasi impossibile riconoscerla attraverso la fitta foresta, anche se potevo ovviamente capire dove mi trovavo. In quel momento appariva sempre davanti a me un'auto nera con una sola luce accesa all'interno, poi al telefono mi ordinavano di lasciare l'auto sotto un piccolo capannone all'interno di una montagna, ovviamente costruito dal governo. Poi ho percorso un tratto di forse 350 metri, aiutato da una torcia. Sempre avanti ho ascoltato i passi, controllando che non mi allontanassi e che conoscessi la geografia del luogo. Poi ho raggiunto l'ingresso del bunker sotterraneo dove sono stato ispezionato a fondo da uomini in nero.

Sembra che siano passati pochi minuti da quando sono arrivata al lavoro e, nonostante il messaggio inquietante, pensavo che sarebbe stato un turno come un altro. Ho attraversato alcune sezioni del complesso e alcuni ascensori fino a raggiungere la mia sezione di lavoro, l'area dei test, e stavo scrivendo qualcosa su un modulo quando l'incubo è iniziato, forse alle otto e quaranta. Un gruppo di persone vestite di nero, con passamontagna e fucili d'assalto, scese da alcuni corridoi e cominciò ad aprire il fuoco indiscriminatamente, senza badare allo stato degli scienziati. Ero abituato a trovarmi nell'unità A32 di fronte a me, dove stavano uccidendo tutti, quindi ho avuto qualche secondo per correre in preda al panico lungo un corridoio pieno di cancelli di sicurezza, mentre quegli uomini dietro di me sparavano e i cancelli che avevano un ritardo di qualche secondo nella conferma dell'identità si aprivano e si chiudevano salvandomi la vita in quei momenti critici. Come meglio ho potuto, sono riuscita a raggiungere le aree di ventilazione che forse comunicavano con l'esterno. Si sentivano i loro passi nelle altre sezioni, mentre le urla terrorizzate dei compagni che venivano uccisi si sentivano tutt'intorno alla sezione a U, dalla quale logicamente sono riuscito a fuggire, perché la CIA non entrava dal lato sinistro. Poiché conoscevo perfettamente l'intero complesso, con la mia identità di accesso riuscii a raggiungere l'ultimo piccolo corridoio a sinistra che portava all'area dei rifiuti tossici, dove il rischio di contrarre virus o batteri di ogni tipo era molto elevato, oltre ai due nuovi ceppi di zombie. Ero ben consapevole del rischio, ma grazie alla mia tuta protettiva di biosicurezza sono riuscito a uscirne, credo, pulito. Iniziai subito, con la massima velocità possibile, a svitare alcune specie di compartimenti che davano accesso all'esterno, come tubi in cui solo rimuovendo le protezioni e disattivando il filtro si poteva passare. Sebbene gli agenti della CIA indossassero tute speciali per camminare in aree non pericolose del bunker, dovettero indossare protezioni extra per entrare, ovviamente nella sezione in cui mi trovavo, un tempo che non sprecai, e riuscii a fuggire.

Notoriamente turbata, Karly si sedette su una roccia. Stare in piedi era scomodo dopo aver saputo cosa aveva passato il suo amato Luke. -Quando finalmente stavo per uscire, un odore sgradevole mi raggiunse tutto in una volta e mi fermai per un secondo, e in sottofondo potevo scorgere dei grumi in sacchi neri che probabilmente erano i cadaveri di quelle cose malvagie.

Quando finalmente uscii all'esterno, attraverso una specie di tubo di ventilazione, e nonostante l'estrema paura che provavo, cominciai a scendere freneticamente la parete di roccia in fondo alla montagna che costituiva il retro del complesso. Un paio di volte ho rischiato di uccidermi perché sono scivolato sul muschio nero che era prevalente in alcune zone e per questo i miei vestiti erano macchiati quando sono arrivato. In appena cinquanta secondi, e con il pericolo che comportava, sono arrivato in fondo senza grossi inconvenienti, grazie al cielo. Un errore che ho commesso è stato quello di non togliermi la tuta di sicurezza in cima, ma speravo comunque di non averla presa. Una volta sceso, l'ho tolta con cura e l'ho lasciata vicino a un ruscello. Ho dimenticato molti altri dettagli a causa dello shock e del terrore che provavo in quel momento.

Improvvisamente si sentì un branco di cani nella zona di alta montagna, mentre correvo con tutte le mie forze nell'oscurità di quel luogo boscoso. Nei minuti trascorsi dalla mia fuga dal complesso, l'ala della CIA della guardia aveva probabilmente informato i superiori, chiunque essi fossero, che qualcuno era fuggito, quindi probabilmente erano già morti a causa della loro incompetenza. Fortunatamente non passai molti minuti a correre quando raggiunsi la principale autostrada federale che portava a College City. Con mia grande sorpresa, non c'erano ancora soldati in vista e vidi avvicinarsi un veicolo civile, al quale non esitai a chiedere un passaggio. Naturalmente temevo che ci fosse già un distaccamento davanti a me a controllare le auto, ma non è successo. E grazie a ciò sono riuscito a tornare a casa velocemente. Se non fosse passato il veicolo di quell'agricoltore, mi avrebbero preso subito.

-Non può essere amore, mio Dio, è terribile sentire questo e altro da te! -mormorò ancora la moglie, portandosi le mani al volto. Evidentemente il suo spirito era stato turbato dall'aver sentito tutto questo, soprattutto l'ultima parte. - Allora Luke, ora che so tutto questo, dove pensi di andare? Logicamente, se non ci trovano stanotte, domani setacceranno il posto con i loro zaini e...

-Non preoccuparti, ci ho pensato, per questo è fondamentale uscire da questo posto stanotte. Perché se non ci trovano, avremo il tempo di nasconderci bene a ovest quando tutto inizierà a crollare, ci sono molti villaggi abbandonati in quelle zone...

Capisco Luke, ma mi spaventa... come faremo a nutrire i nostri figli tenendo d'occhio tu-sai-cosa?

-Questo è il meno, la cosa importante ora è uscire da questa dannata foresta il più velocemente possibile. È inutile dire che se ci trovano cosa ci faranno. Ma abbiamo ancora tempo, andiamo a riposare per mezz'ora e una volta riposati ci muoveremo in fretta verso la 043, che passa vicino a questa foresta e non è più molto utilizzata. - aveva detto Luke abbracciando la moglie e dirigendosi poi verso la grotta dove i suoi figli dormivano sotto i pochi barlumi di luna piena che si potevano vedere.

All'epoca, la CIA e alcuni alti funzionari governativi volevano la morte di Luke Brown con ogni mezzo necessario, forse per il timore che rivelasse informazioni al mondo. Tuttavia, con il passare delle ore, questa eventualità è diventata sempre meno probabile, poiché i satelliti statunitensi sono stati immediatamente violati e tutti i servizi sono stati sospesi, lasciando il Paese più potente del mondo tagliato fuori dalle comunicazioni, sia all'interno che all'esterno, per le successive 12 ore. Una cosa che Luke non aveva detto a sua moglie, però, era che la preoccupazione principale delle menti che volevano provocare un'apocalisse globale era che nelle sue mani c'era la cura, il principale e unico antidoto che funzionava, e di cui lui era il principale sviluppatore. E l'aveva nella sua giacca, in una piccola valigetta. Volevano averla tra le mani nel caso in cui fossero stati infettati. Perché i ceppi 1 e 2 si trasmettono tramite morsi e secrezioni corporee, come saliva e sangue.

L'antidoto creato da Luke era in grado di sviluppare una risposta immunitaria straordinaria, efficace fino al 97,5%, anche dopo un'esposizione di oltre due ore. La risposta era molto invasiva, ma era in grado di annullare il virus Zalpha a livello cellulare, a patto che non si superassero le due ore di esposizione, perché se fosse stato somministrato più di 5 ore dopo l'infezione, l'avrebbe annullata, ma avrebbe lasciato gravi effetti collaterali. Tuttavia, anche se Luke conosceva il processo per produrre il vaccino in grandi quantità, era impossibile che ciò avvenisse nel prossimo futuro, perché non avrebbe avuto le strutture necessarie per produrlo. A quel punto non aveva più importanza, perché era solo questione di ore o giorni prima che iniziasse il collasso globale.

Capitolo 7
Scomparsa

-Venite bambini! È ora di andare! - ordinò Karly scuotendoli, cercando di farli alzare e loro erano riluttanti ad alzarsi.

-Mamma, ho sonno", disse uno dei bambini più piccoli.

-Mi dispiace, tesoro, ma non possiamo restare qui ancora a lungo. Andiamo! È ora. Sbrigatevi.

- Ma mamma, adesso? - disse Tom piangendo, mentre sbadigliava leggermente.

-Sì, hai sentito tua madre, andiamo! - aveva ordinato Luke, mentre si metteva due zaini in spalla e cominciava ad andarsene.

Con l'aiuto di un'applicazione sul suo telefono che mostrava una mappa scarsamente dettagliata, Luke e la sua famiglia sfrecciarono per ore attraverso la foresta, cercando di farsi strada e di raggiungere il più rapidamente possibile la gigantesca foresta di Houston Texas, una delle più grandi degli Stati Uniti, che si estendeva per più di 80 chilometri da un capo all'altro e ospitava città fantasma. Avevano scelto quel luogo tra Luciana e il confine con il Texas perché era un posto isolato dove sarebbe stato più facile evitare l'apocalisse in arrivo. Tuttavia, a dire il vero, a quel punto non c'era nulla di certo, perché a quel punto probabilmente ci sarebbero stati posti di blocco militari su ogni strada dello Stato.

Quando finalmente raggiunsero la Interstate 043 in modalità paesaggio da est a ovest, fortunatamente intravidero un enorme camion merci che li avrebbe sorpassati. Nonostante l'enorme rischio che comportava, non esitarono a chiedere un passaggio con la scusa che la loro auto era rimasta bloccata dall'altra parte della foresta. L'autista, senza la minima comprensione di cosa significasse guidare l'uomo e la sua famiglia, non ha esitato a farli salire e a lasciarli nei pressi della suddetta foresta di San Houston, dove avrebbero guidato per circa tre ore su strade sterrate malconce e solitarie, per poi addentrarsi nella foresta per più di 80 chilometri.

Verso le quattro e mezza del mattino erano riusciti a compiere l'impresa, nonostante la stanchezza, di raggiungere l'immensa foresta dove prevaleva una fitta vegetazione, aspetto che li favoriva molto nella situazione in cui si trovavano.

Quello che Luke non sapeva in quel momento è che nelle ultime dodici ore, a causa della virulenza dell'agente patogeno, era iniziato il caos, e non solo ad Austin, al College, ma nelle principali città degli Stati Uniti, ed era solo questione di tempo prima che iniziasse in tutto il mondo. Quindici ore prima, quando era stato quasi ucciso all'interno del complesso Umcell, come era noto, ore dopo tutto il personale di sicurezza e gli agenti della CIA erano stati inconsapevolmente infettati dai due ceppi del virus Zalpha, e per le 15 ore successive avevano inconsapevolmente infettato migliaia e migliaia di persone. In seguito, la catena di trasmissione continuò violentemente ad attraversare diverse città senza alcun controllo. A questo punto i capoccia che inizialmente volevano portare l'apocalisse non hanno avuto nemmeno il tempo di pianificarla perché l'Armageddon è iniziato prima e li ha colti di sorpresa. Quindici ore dopo la diffusione della pandemia, gli alti comandi del Pentagono e della CIA diedero l'ordine di sguinzagliare l'esercito per uccidere tutte le persone che presentavano i sintomi iniziali già noti e altri che erano comparsi all'improvviso, come schiuma alla bocca, psicosi violente e cambiamenti anomali nel colore della pelle.

Il disordine regnava e l'anarchia cominciava a farsi strada. La gente non aveva idea di cosa stesse succedendo. Sono bastate poche ore perché Austin Texas venisse infettata e iniziasse una sanguinosa guerra di sopravvivenza tra la gente e i non morti. Il contagio fu tale che le creature bastarono poche ore per diffondere il terrore in tutto lo Stato. Purtroppo, coloro che erano stati inviati alle fonti di infezione non riuscirono a contenere gli abomini e il contagio. Con il passare delle ore e dei giorni, il numero di militari per la missione diminuì, poiché cominciarono a essere infettati a tal punto da scomparire gradualmente. Bastarono poche settimane perché il contagio locale coprisse l'intera nazione e, sebbene alcuni scienziati avessero allertato il mondo per chiudere le frontiere, non fu sufficiente a fermarlo perché aveva già varcato i confini ore prima. Era solo questione di tempo prima che il terrore si diffondesse in tutto il mondo.

Un agente altamente letale e sconosciuto stava dando il via a una pandemia globale che non si sarebbe fermata, forse, fino a infettare l'ultimo essere vivente sulla terra.

Con il passare delle settimane, il numero di persone cominciò a diminuire freneticamente in tutti i continenti, lasciando il posto a una nuova razza blasfema e putrida che divorava tutto ciò che trovava davanti a sé.

Capitolo 8

Luke e la sua famiglia arrivarono sani e salvi al confine con Luciana dopo pochi giorni, solo per trovare un villaggio abbandonato chiamato Babel, in alto sul fianco di una montagna. Ideale per sopravvivere all'apocalisse zombie che si stava verificando nella maggior parte dei paesi del pianeta. Si stabilirono in un'enorme e vecchia casa di legno ai margini della città fantasma. Fortunatamente, negli armadi polverosi di quella casa trovarono un paio di vecchi fucili da caccia calibro 16 e alcune munizioni che sarebbero state molto utili per cercare di sopravvivere in caso di arrivo delle creature.

-Mi manca la nostra vecchia vita, Luke. Karly osservò sul bordo del balcone del secondo piano della casa, da dove poteva osservare tutto ciò che tentava di avvicinarsi lungo la strada stretta e sassosa che era l'unica che portava al piccolo villaggio di non più di 60 case lungo un lungo vicolo.

- Sì, amore, temo che non torneremo mai a quella vita, almeno dovremmo essere grati di essere ancora vivi". -Rispose, mentre impugnava la coppia di fucili da caccia calibro 16 che non avrebbe pensato due volte a sparare se avesse avvistato da vicino quei maledetti esseri arrabbiati. I suoi figli giocavano spensierati nell'ultima stanza che conduceva al balcone, come se nulla di grave stesse accadendo nel mondo.

-Per quanto riguarda l'unica radio attiva di cui abbiamo notizia, queste cose hanno infettato tutti i continenti, e immagino che sappiate cosa significa, no? Che in un giorno qualsiasi quelle maledette cose potrebbero comparire e...

-Non volevo nemmeno pensarci, ma, ad essere onesti, dobbiamo affrontare l'idea che potrebbero rivelarsi un orrendo incubo. Dio non voglia che si avveri. -commentò questa volta, tenendo il dito sul grilletto della pistola e spingendosi ansiosamente su una vecchia sedia a dondolo. Karly aspettava in silenzio, immersa nei suoi pensieri, immaginando il futuro nero della sua famiglia in quel mondo infestato da bestie orrende che pensavano solo a staccarti la testa. Un futuro di cui nemmeno nei suoi peggiori incubi avrebbe mai immaginato di far parte.

Un paio di mesi dopo, ciò che Luke e Karly temevano di più si è avverato nella loro nuova residenza. La casa di legno a due piani era assediata da queste creature simili a zombie, ma con un aspetto cento volte più terrificante e malvagio. E notoriamente non erano venuti con buone intenzioni, ma al contrario: erano venuti per divorarli o al massimo per infettarli.

-Spara, Karly! Non esitare a farlo. - gridò Luke disperato, asserragliato in cima al balcone, mentre sparava a ripetizione sulle teste delle entità malvagie, come le chiamava lui. Man mano che la battaglia si protraeva, cominciarono lentamente a esaurire i proiettili, finché alla fine giunsero al punto di rassegnarsi alla fine di tutto. Sapevano di non poter fare molto contro quelle cose. Così Luke radunò tutta la sua famiglia sul bordo del vecchio balcone e fece sapere loro come si sentiva e quanto li amava, senza trascurare il suo ultimo saluto:

"Oggi 31 dicembre 2037, grazie a Dio abbiamo potuto festeggiare la nostra ultima notte insieme. Purtroppo questa è la vita, tra pochi secondi saremo separati, per un breve periodo nel buio totale, ma quando li apriremo credetemi figli miei; non ci sarà più infelicità, lì saremo beatamente felici per sempre, per non separarci mai più".

Pochi secondi dopo aver pronunciato quelle parole malinconiche, tristi e piene d'amore: la famiglia Brown decise di suicidarsi gettandosi dalla ringhiera del balcone. Quando finalmente la situazione si è abbattuta su di loro, fortunatamente erano già deceduti e non avrebbero vissuto la tormentosa agonia dell'infezione. Luke Brown e la sua amata famiglia sono morti il 31 dicembre 2037. Nella borsa sinistra del virologo c'era la cura per il virus Zalfa. Purtroppo, a quel punto non c'era più speranza. Soprattutto perché il virus era mutato in nuovi ceppi più letali e pericolosi. Ora non solo gli esseri umani erano infetti, ma ogni animale terrestre e marino era alla sua mercé. A questo punto era quasi impossibile fare qualcosa, solo coloro che si erano rifugiati in bunker sotterranei avevano una sicurezza, a patto di non rimanere senza cibo.

I capoccia, coloro che avevano dato il via all'intero progetto delle armi biologiche e che, dopo aver visto il colossale potere del vaccino di usarlo contro l'umanità, erano stati per lo più infettati o divorati, e nel migliore dei casi, forse, se ne andavano in giro come morti viventi. Nel giro di pochi mesi, i governi avevano cessato di esistere sulla faccia del mondo. E l'apocalisse stava iniziando il suo regno...

Capitolo 9

Cinque lunghi anni dopo che il cento per cento delle specie del pianeta era stato infettato dal virus Zalpha e dalle sue varianti, un gruppo di militari cinesi di alto livello, sopravvissuti in alcuni bunker sotterranei, lanciò l'operazione Final, che consisteva nel lanciare la maggior parte dell'arsenale nucleare che poteva ancora essere attivato su questi oggetti. L'impatto dell'operazione termonucleare fu così colossale che dallo spazio si potevano vedere i danni brutali alla crosta terrestre e, una volta cessate le esplosioni, lasciarono uno scenario apocalittico, in cui ogni forma di vita sulla terra e sul mare cessò di esistere. I pochi resti di esseri umani rimasti sotto i bunker, se sono riusciti a sopravvivere, dovranno avere molta pazienza fino a quando la Terra non potrà rigenerarsi tra migliaia di anni...

Grazie *mille*

Capitolo 10
Sulle sue orme

Una storia basata su eventi reali

La mente di Herny Racher era in una sorta di loop dopo aver appreso che l'amore della sua vita su Internet gli aveva confessato di aver giocato con lui per tutti questi cinque anni, e che lo aveva fatto solo per evitare che lui si uccidesse quando lo aveva incontrato in quella maledetta chat room in preda alla depressione, ma che non lo aveva mai visto come un fidanzato. Che lo aveva perdonato, ma che ora era felice con il suo compagno.

Le lacrime gli scendevano a rivoli sulle guance, ma dentro di sé la sua anima si stava frammentando in mille pezzi. Una parte di lui voleva pensare in modo razionale, ma una parte più oscura si stava avventando su di lui e chiedeva giustizia. Tuttavia, per quanto si fosse sforzato per anni, non era riuscito a scoprire da dove provenisse l'amore della sua vita. Così Racher decise di prendere la via più facile. Liberare tutto il suo odio e diventare un sanguinario psicopatico.

-Buon pomeriggio", disse con esitazione alla cassiera di un grande magazzino, mentre passava un passamontagna freddo del tipo che i motociclisti indossano di solito attraverso la banda. Il fatto è che Herny era molto timido con le donne, a 35 anni non aveva mai avuto rapporti intimi, tanto meno baci, e non che fosse poco attraente, ma a quanto pare aveva scoperto di avere un attaccamento evitante o qualcosa del genere, poiché aveva paura di impegnarsi e cose del genere.

Ventitré e novantotto", disse la cassiera passando la pistola e registrando il prezzo.

Prima che Ivi lo tradisse, avrebbe sempre voluto trovare l'amore della sua vita in un modo ideale come nei film, ma cos'altro ci si può aspettare. È così che vanno le cose.

-Vedo che state facendo un'escursione", disse la donna di circa 45 anni. Sebbene non fosse affatto aggraziata, a causa della sua scarsa autostima si sentì estremamente arrossire ad averla a mezzo metro di distanza.

-Perché dici così?" rispose, borbottando leggermente a causa del nervosismo.

-Per via delle scarpe da trekking.

Pensò per un attimo, poi scosse leggermente la testa in segno di assenso.

-No, li acquisto solo per motivi di lavoro.

- Ah," esclamò con un sorriso caldo e sincero.

-Beh, per tutto il resto saranno 150 dollari, signore.

Dopo aver riflettuto un attimo, Herny pagò. Aveva l'abitudine di portare sempre i soldi in mano, senza perdere tempo per evitare tutte le attenzioni sulla sua persona, soprattutto quando era di sesso femminile.

Ma una volta usciti da quei momenti imbarazzanti, la personalità maligna di Herny è venuta fuori.

-Ascolta Herny! Avresti ucciso quella puttana, non è vero? -Herny scosse la testa come se volesse liberarsi di quel maledetto demone che lo spingeva a fare pensieri omicidi. E Ivi era il colpevole, disse ancora e ancora una vocina nella sua testa.

A dire il vero, Herny non è mai stato una personalità aggressiva, quindi ragionando logicamente era un po' preoccupato per quello che stava succedendo nella sua mente. Ma è solo che l'odio si muoveva dentro di lui in modo incontrollabile e voleva tirarlo fuori. È come se Herny fosse il lato positivo, ma Racher cercasse di metterlo in ombra.

Quella mattina di settembre si recò in qualche altro negozio per rifornirsi di quelli che in qualche modo chiamava "strumenti di lavoro". Si sa che si fermò in un negozio di ferramenta per acquistare un martello, un set di pinze e alcune cinghie. Sembrerebbe che si stesse preparando per un lavoro specializzato. Ma non era così. Da quando aveva 17 anni, Herny aveva sempre svolto lavori non qualificati in modo irregolare. E da quando i suoi genitori erano morti, circa 5 anni fa, non aveva più lavorato e viveva di una piccola attività automatizzata su Internet che aveva imparato, per cui guadagnava abbastanza da non dover chiedere l'elemosina.

Durante la sua giovinezza era stato finanziariamente precario, perché non durava a lungo nei lavori a causa della sua bassa autostima e così via. Ha sempre voluto dimostrare ai suoi genitori di essere capace, ma non ci è mai riuscito.

-(risate sinistre), lascerai che la tua anima venga fatta a pezzi a causa di quella puttana che ti ha fatto tanto male, o continuerai ad amarla in silenzio come un perdente? (risate sinistre) - Dai! Non essere codardo, devi uscire per poter fare quello che ti dico di fare, dai! fidati di me. Continuava a ripetere queste parole in loop. Herny non voleva fare nulla. Anche se non aveva molto per cui vivere. Non aveva più una famiglia di cui preoccuparsi, né una fidanzata, né amici o conoscenti nella città in cui viveva. La maggior parte delle persone dell'età di Herny ha già una famiglia con dei figli e, per quanto possibile, è stabile, ma Herny, con i suoi problemi emotivi e il resto, non lo era. Ma aveva già un partner che era attivo. Ma aveva già un partner che si era attivato dal momento in cui era stato portato nella sua realtà.

- Non so cosa mi succede", sussurrò a se stesso tra le labbra, come se in qualche modo si preoccupasse che nessuno lo sentisse al di là del suo alter ego.

Lanciò un'occhiata al fondo della piccola stanza, dove si trovavano le borse che aveva comprato. Gli si accapponava la pelle al solo pensiero di ciò che quella vocina dentro di lui aveva fatto, chiedendo giustizia.

-Non farò mai niente, mai. No no, non voglio andare in prigione. -si disse più volte. Da giorni si era attivato nella sua mente e lottava continuamente per evitare che uscisse e si impossessasse di lui.

-Perché fai resistenza, Herny?", la vocina interna si è fatta sentire di nuovo, mentre si svegliava dal suo pisolino.

-Lasciatemi in pace, non farò nulla, non sono pazzo.

Proprio mentre stava lottando contro i suoi demoni, il vizio di chattare lo spinse a collegarsi, ed ecco il Nick camuffato che sapeva essere lei che flirtava con diverse persone nella stanza. In quel momento la realtà lo colpì davvero. Lei era scomparsa da tre anni e quando l'aveva affrontata aveva ricevuto un secchio d'acqua gelata. Nella sua mente si susseguirono le parole di un messaggio privato nella chat: "Mi dispiace Herny, non ti ho mai visto come un fidanzato, in tutti questi anni ti ho visto solo come un amico, non volevo che ti illudessi, ho già un figlio, vedo la vita in modo diverso, sono maturata. Vivo come una coppia, non cercarmi più, non dedicarmi canzoni in modo sottile, questo mi dà fastidio, tutti questi sono solo ricordi. Voglio entrare nella chat, ma non tormentarmi. Sei come un'ombra e voglio che mi lasci in pace".

Quando Herny finì di leggere quelle righe scritte da lei, sentì una tempesta tumultuosa scatenarsi dentro di lei. Un profondo rimpianto invase il suo cuore e, con un risentimento amaro nel suo essere, afferrò il computer e lo scagliò con rabbia contro il muro. Era inaudito, mai in tutta la sua esistenza aveva provato un'esplosione di rabbia così violenta. In quell'istante, lasciò emergere pienamente il suo alter ego oscuro, liberando un lato perverso di sé che gli dettava ordini macabri.

-Vedi com'è facile! Non ti farò del male Herny, rispetto a tutti gli amici maledetti, non ti farò mai del male. Al contrario, sarai mio amico. -Sussurrò ancora una volta quella vocina diabolica.

-Penso che tu abbia ragione", rispose il povero Herny. -Tutti mi hanno sempre umiliato. Mi ricordo a scuola e sui posti di lavoro". Mentre diceva tutto questo, il cuore gli si strinse dentro. E l'odio e la distruzione possono sempre venire da un cuore nobile. Da un'anima che soffre. E così fece Herny.

Dopo aver pianificato per settimane il suo modus operandis, Herny fece i bagagli con la sua Camaro del 1966, acquistata a un prezzo ragionevole, e partì alla ricerca della sua prima preda.

Passò la maggior parte della notte a vagare per le strade secondarie in attesa di una vittima femminile solitaria, e quando sembrava che non sarebbe stata una buona caccia, il destino o il karma gliene misero davanti una.

-Salve", salutò dall'interno della sua silenziosa Camaro. La ragazza lo ignorò con un'espressione vuota sul volto, mentre riprendeva il suo passo sulla strada solitaria con i suoi fari tintinnanti.

-Ehi, ragazza, potrei darti un passaggio", alzò di nuovo la voce. Persino Herny stesso era interiormente sorpreso di non sentirsi nervoso nel corteggiare una ragazza. Ma evidentemente era la sua personalità malvagia a prendere il sopravvento.

La ragazza rispose un po' seccata, ma non si fermò.

-No grazie, la mia casa è alla fine di questa strada.

Poi Herny mise il piede sull'acceleratore. Sapeva che non c'erano case vicino alla fine di quella strada, quindi pianificò rapidamente qualcosa e prese una decisione. Svoltò in una strada più avanti, dove c'era un lampione tintinnante. E fece credere che si stava ritirando a tutta velocità. La ragazza non sospettava quello che stava per accadere. Herny scese dall'auto con una lunga mazza e, proprio mentre la ragazza si avvicinava al bordo per svoltare in un'altra strada, Herny si mise di lato e prontamente le assestò un duro colpo con il manico della mazza; la ragazza crollò.

Con il cuore che batteva forte, caricò in fretta il corpo e lo legò alla Camaro. E schiacciò il pedale dell'acceleratore.

Mentre Herny guidava, non riusciva a credere a quello che stava facendo, le sue mani grondavano di sudore sul volante. Cosa avrebbe fatto se la polizia lo avesse fermato, era diventato paranoico. Ma il suo caro amico lo confortò.

-Forza Herny! Smettila di fare il codardo, nessuno ti fermerà. Gira a sinistra e prendi le strade che ci porteranno a casa. E così fece. Durante la marcia la ragazza non si svegliò.

-È morta. - chiese. Il suo alter ego non rispose, semplicemente non usciva quando voleva.

Nella mente caotica di Herny si stavano creando scene inquietanti su come avrebbe fatto giustizia. Aveva comprato ogni tipo di strumento settimane prima. Voleva infliggere il maggior dolore possibile alle sue vittime, soprattutto alle donne o alle giovani coppie che si amavano.

L'immagine di Ivi e del suo tradimento era così vivida nella sua mente che l'unica cosa che gli interessava era trasfigurare il suo odio in sangue e dolore. Nella sua mente voleva solo annientare tutti coloro che erano felici in amore.

Giorni dopo

-Vedi Herny, non è stato così difficile, vero? Sto notando che ti è piaciuto anche il modo in cui ha urlato e implorato il perdono, ricordi?

-Sì. mormorò, scuotendo subito la testa. Herny era un po' fuori di sé mentre fissava i telegiornali che dicevano: "Una ragazza di 21 anni è scomparsa, i suoi lineamenti e la sua foto sono sullo schermo... se sapete qualcosa, chiamate...".

-Non possono nemmeno immaginare dove sia la verità, mio piccolo amico. -La vocina diabolica sussurrò di nuovo.

Herby si passò le mani sulla testa come per cercare di uscire da quel maledetto incubo, anche se, a dire il vero, era tutto molto reale. Scosse leggermente la testa e bevve qualche sorso di Heineken.

Settimane dopo

-Voglio farlo di nuovo", ha detto improvvisamente un giorno con una decisione che ha sorpreso persino il suo alter ego.

-Che cosa hai detto? Mi piace pensare che tu stia scherzando. È troppo presto, non crede?

-Non credo", rispose Herny. -Non te l'ho detto, ma... ho provato piacere quando ha urlato, pianto per il dolore e implorato il perdono. In quei momenti potevo vedere il volto di Ivi mentre si contorceva e implorava pietà, ma sai...? Non aveva ancora finito di dire quella preghiera quando la vocina lo interruppe:

-Hai ragione Herny, è così che mi piace. E quando vuoi farlo di nuovo? Vedo che per anni non sei quasi uscito per strada, ricordi? Hai passato mesi senza nemmeno uscire dalla porta della tua casa che dava sulla strada per pietà dei tuoi vicini, e ora vuoi....

Herby annuì, - ma questo è diverso, usciremo solo di notte quando lo faremo. Voglio una donna con le caratteristiche di Ivi, anche se non so se riusciremo a trovarne una", disse e poi guardò il suo cellulare e vide una foto di lei, che anche se non poteva confermare se fosse davvero Ivi, ma l'odio che provò nel vedere quella foto gli fece mordere le labbra dalla rabbia. Era una ragazza con i capelli neri e ricci, forse latina del Sud o del Centro America. Aveva un corpo da sirena, anche se il viso non era altrettanto aggraziato, ma corrispondeva al profilo di una ragazza esotica.

Ti avevo detto, Herny, di non innamorarti. È per questo che sei scappato dalla ragazza grassa, vero? Non volevi provare di nuovo un rifiuto... volevi dimenticare quella stronza", interrogò il suo alter ego. Herny non disse nulla. Anche se in fondo provava un certo affetto per quella donna paffuta, anche se non era così aggraziata e i suoi anni migliori erano ormai alle spalle, provava davvero affetto per lei. Ma a causa dell'odio che provava, preferiva stare lontana e non farle del male in ogni caso.

Una settimana dopo

-È pericoloso, Herny, non farlo più", disse il suo alter ego un po' preoccupato, "vuoi andare in prigione? Non tollererei molto la reclusione", aggiunse. Herny non disse nulla per un secondo, ma poi disse.

-Ora sei tu il codardo, il tuo piccolo amico,

-Non è questo", rispose la vocina, "ma sei impazzito Herny, sei morti in un mese... la polizia probabilmente è vicina, ci sono indizi di questo tuo sfogo... da quando abbiamo iniziato, circa 12 mesi fa, ne hai già avuti più di 20, e questo non è normale", disse.

-Certo che lo so, ma non ho mai pensato che sarebbe diventato un vizio", rispose. Inoltre, non credo che verremo scoperti. Te l'ho detto. Non andrò mai in prigione. È per questo che ho comprato quella 38 super in cima all'armadio, per ogni evenienza....

-Sì, sì, ma..." la vocina si interruppe alla prospettiva della realtà dell'autosuicidio se fosse stata catturata, sapeva che Herny si stava spingendo troppo oltre, e non importava se si nascondeva nella sua mente per placarlo. Herny era già scatenato dall'odio. Voleva solo placare il suo rancore durante la tortura delle sue vittime. Voleva solo vedere il sangue e sentire le suppliche e i gemiti delle sue vittime sotto la cantina. Una cantina rusticamente preparata, scavata sotto terra e una vecchia lampada a olio che illuminava l'angusto locale. E trovava sempre più impossibile controllarlo.

-Nel mio caso ho mitigato l'odio, la giustizia che quella puttana meritava era sufficiente, dovresti calmarti. Da parte mia non mi disturberò a lungo.

-No", gridò in tono deciso. -Voglio trovare Ivi, ma quella stronza è intelligente. Mi ha sempre identificato in chat, quindi è impossibile ottenere informazioni da lei, trovarla. Inoltre, da quello che mi ha detto, vive in coppia, ho notato che ha cambiato anche mentalità, ma giuro che la finirò.

Dopo averlo scritto nel suo diario, Herny è stato trovato morto l'11 giugno 2007 nella sua casa sul lago. Secondo l'autopsia: overdose di metanfetamine. Una parte di questa storia è stata trovata nel suo taccuino.

Secondo la Procura, non si sa quante morti abbia causato, perché il taccuino e gli appunti di Herny Racher ne riportano solo sette. Fortunatamente, la mente di Herny è stata spenta e sta meglio. Una vita che non poteva essere felice e invece di scegliere il bene: ha scelto la strada dell'autodistruzione,

Capitolo 11
Teste di maiale

-Venite! Venite! Maledizione, venite! - si sentiva un uomo brontolare disperato in mezzo a una strada desolata e polverosa. Per dedurre da questo luogo lontano dalla città: stava succedendo qualcosa, e non era normale a giudicare dai movimenti irregolari di quest'uomo e dal modo in cui il suo compagno si girava dappertutto.

Dopo meno di un minuto di manovre e di insuccessi in quella vecchia berlina del 1975, fecero rapidamente dietrofront e tornarono indietro attraverso i grandi filari di grano che disseminavano la zona.

- Mio Dio, ho paura, Sam", disse a bassa voce. Lui la guardò mentre camminava con passo deciso ma lento, tenendo in mano una pietra per sicurezza.

-Silenzio Susy. Non credo che ci vorranno più di due ore, il sole tramonterà e sarà la nostra ora", rispose. -Ma... è meglio aspettare da quella parte, attraverseremo questo campo di grano e aspetteremo ai bordi di quella strada sterrata", aggiunse. Lei annuì.

E così procedettero a farlo. Subito dopo aver percorso almeno due chilometri da un capo all'altro di quel campo, si sono fermati di colpo di fronte a una scena macabra.

-Cavolo Susy, guarda! -esclamò Sam indicando il lato della strada.

-Oh, che cos'è? - disse a bassa voce, coprendosi la bocca per non lanciare un urlo di terrore.

-È un uomo rotto quasi in due pezzi. -Sam sussurrò.

-Non voglio morire. -aggiunse tra un singhiozzo silenzioso e l'altro.

-Mi dispiace Susy, è stata colpa mia se ho fatto quella deviazione su quella strada, volevo solo un po' di avventura.

-Lo so, tesoro, non ha più importanza.

Sam e Susy erano una giovane coppia di sposi sotto i 30 anni che stava attraversando, come tutte le coppie dopo quasi tre anni di matrimonio, problemi forse causati soprattutto dalla monotonia. Così Sam decise di darsi una seconda possibilità e di rimettere le cose a posto. E cosa c'è di meglio di un viaggio insieme, lontano dalla maledetta città.

-Quei bastardi hanno tagliato i fili della macchina là dietro", disse improvvisamente il marito a Susy, che era un po' fuori di sé. -Quei bastardi, chi sono? -parlò di nuovo.

-Non so Sam, ma mi fanno paura, ci siamo quasi finiti dentro ore fa.

-Silenzio. -Gli ordinò, mentre dal lato sinistro della strada uscivano dalla zona boschiva tre uomini alti, più di un metro e ottanta, che indossavano raccapriccianti maschere da maiale apparentemente fatte in modo rudimentale con la vera pelle di non so cosa. Ognuno di loro aveva dei lunghi coltelli in mano e, per dedurre, stavano venendo a prendere il cadavere di un uomo bianco che giaceva lì, tagliato quasi a metà. La sua testa guardava in direzione della coppia con occhi che quasi uscivano dalle orbite.

- Non muoverti per l'amor del cielo, tesoro", le ordinò ancora il marito. Lei deglutì e annuì.

Sam era immobile, respirava a malapena, e si trovavano ad appena sette metri da dove gli uomini si erano fermati per procedere a trascinare via il corpo, probabilmente trascinandolo.

-Calmati amore, questo è reale, non è un sogno, quindi non fare sciocchezze. Annuì di nuovo. Dentro di sé voleva urlare e svegliarsi da questo maledetto incubo. Il fatto è che Sam aveva inizialmente pianificato di viaggiare per 150 chilometri a est del Massachusetts per andare a Parraut, sulle montagne, ma misteriosamente la mappa che aveva comprato in una bancarella a buon mercato lo aveva portato in un altro luogo sconosciuto. Ecco perché potrebbe aver preso quella deviazione quando si è sentito perso.

Dopo un'ora di attesa, il sole cominciava a tramontare a intervalli, il fatto è che era disperato, dovevano uscire da quel posto scendendo per la strada sterrata, come erano saliti i ragazzi. Il fatto è che dovevano andare avanti e uscire da quella zona dove si trovavano quelle maledette teste di maiale.

- Susy, dobbiamo andare dall'altra parte di questo recinto di filo spinato, andiamo! Ti aiuto io per primo", disse dopo aver percorso una trentina di metri tra il grano, dove decisero di andare.

Non erano trascorsi più di cinquanta metri quando una freccia si conficcò con tale violenza da trapassare l'occhio destro di Susy, che cadde floscia al fianco di Sam. Sam si girò immediatamente alle sue spalle e si trovò di fronte tre enormi individui con la testa di maiale. Uno di loro teneva in mano un arco che sembrava fatto di ossa umane. Sam si sentì morire dentro, cosa poteva fare, pensò, scappare? Ma se quei tipi erano apparentemente molti", non erano gli stessi che aveva visto ore prima sulla strada. Sicuramente lo avevano già nel mirino. Ma l'istinto di sopravvivenza è più forte, per quanto si sia consapevoli di non avere alcuna possibilità.

Neanche lui era un prodigio dell'atletica, Sam, anche se aveva vinto qualche torneo di lotta al liceo, ma sapeva che questo non lo avrebbe aiutato contro quei mastodonti. E poi questi psicopatici cominciarono a muoversi lentamente. Sam rimase congelato, non sapeva cosa fare e non intendeva fare nulla. E poi accadde l'impensabile. Cadde in ginocchio e si rassegnò a morire...

Il corpo di Susy giaceva a faccia in giù con molto sangue ovunque. Si girò a fissarla e poi notò che respirava.

-Come è possibile? - sussurrò. Poi lei girò la testa verso di lui. Sam rimase sbigottito e sobbalzò per lo spavento. A questa scena Susy cominciò a ridacchiare, mentre i soggetti smisero di camminare verso di loro.

- Che diavolo sta succedendo, Susy? -Sam balbettò e non finì la frase per lo sgomento.

Con suo grande stupore, Susy si alzò a sedere e apparentemente la freccia era finta e non aveva danneggiato l'occhio.

-Il tuo occhio sta bene! - esclamò con tale stupore da far pensare a un delirio. Allora Susy si diresse verso quei tipi dalla testa di maiale senza alcun timore. Poi si mise davanti a loro e cominciò a ridacchiare in modo diabolico. Allora i ragazzi con la testa di maiale cominciarono a ridacchiare con lei. E poi accadde che dal lato della strada di montagna e dal lato del campo di grano cominciarono ad uscire altri uomini con la testa di maiale.

Quando tutti ebbero finito di andarsene. Susy gridò con voce bassa e roca: "Sam, Sam, Sam, niente di personale, tesoro, ma...".

Sam la interruppe con:

- Dimmi cosa sta succedendo qui, Susy? È uno scherzo... Mi merito una spiegazione. Questo non è un sogno del cazzo.

-No Sam, non è uno scherzo, e non è nemmeno niente di personale, ma è la vita. Sei stato vittima delle circostanze.

-Di cosa stai parlando?

- Sam non ti ho mai amato. La mia vita è sempre stata noiosa in città e tutte quelle sciocchezze. Quando ti ho incontrato per la prima volta mi sei sempre piaciuto molto, ma ti ho sposato per soldi, sapevo che avevi un'azienda e tutto il resto, e volevo che fosse legalmente possibile, normale. Ma ne ho avuto abbastanza, il mio vero amore è questo ragazzo con me", disse, indicando l'uomo testardo alla sua destra. Sam in quel momento sentì una pugnalata nell'anima: com'era possibile? Si chiese più e più volte.

-Dimmi che è uno scherzo, per favore Susy! Stiamo insieme da quasi tre anni, abbiamo anche programmato un bambino per l'anno prossimo e tu, e tu stai giocando con questo.

-Sam, mi dispiace tesoro, ma tu non sei niente per me, mi faceva schifo dividere il letto con te. Quindi, come ripeto, non è niente di personale", ripeté Susy sorridendo sottilmente con una smorfia di dolore. -Senti, quando ti ho visto in quella fotografia tre anni fa", dissi, "lui è single, e così ho pianificato tutto, sapevo che se tu fossi morto, avrei avuto tutto.

-Sei una fottuta puttana. - ha urlato con rabbia Sam quando ha saputo che undici mesi fa aveva firmato che tutti i beni materiali sarebbero passati alla moglie in caso di sua morte.

-Sam, non complicare ulteriormente le cose, perché se fai arrabbiare uno dei miei ragazzi te ne pentirai. -rispose beffarda.

Dopo aver detto questo, Susy si diresse verso un grande albero dietro di lei e si sedette immediatamente con il suo uomo dalla testa di maiale. Poi gli altri uomini mascherati cominciarono ad avvicinarsi lentamente a Sam.

Le urla di terrore di Sam si sentivano in lontananza mentre veniva letteralmente scuoiato, poi lentamente impalato da un gruppo e posto su un piccolo altare di una cosa informe e blasfema.

Infatti, il gruppo iniziò a danzare intorno a un dio fatto di legno e ricoperto di pelli umane... qualcosa di grottesco, come se questo gruppo di uomini con teste di maiale facesse parte di una perversa setta maledetta. E poi Susy indossò la sua maschera da maiale e iniziò a danzare anche lei intorno al corpo mutilato del marito.

Capitolo 12
L'ombra

-Cosa c'è là fuori?", si chiedeva Jack in continuazione in quella baita solitaria in mezzo alla foresta. Aveva affittato una baita per un mese lontano dal suo paese, voleva allontanarsi per un po' dalla sua azienda a New York. Gli piaceva la solitudine e decine di volte aveva già fatto questo tipo di avventure in giro per il mondo. Soprattutto in Asia, ma questa volta nella parte orientale della Scozia. Nella zona di Radiu, un'area ancora poco esplorata, ma con alcune cabine lungo quella riserva di proprietà della Wilicon Companie, una società immobiliare che aveva avuto la lungimiranza di affittare queste cabine a persone facoltose, soprattutto per il piacere della solitudine. Di solito non erano occupate in questo periodo dell'anno in cui Jack si recava.

Jack era noto per essere un uomo non avventato. Aveva nervi d'acciaio, ma quegli strani rumori fuori da quella cabina di cinque metri per quattro lo tormentavano. Non sapeva di cosa diavolo si trattasse; secondo la compagnia, non c'erano animali pericolosi, a parte procioni e simili. Ma ciò che lo allarmava di più era quando i rumori iniziavano e la luce elettrica cominciava a tintinnare, per poi spegnersi completamente pochi minuti dopo.

Accanto alla porta mise un pesante tavolino e alla finestra un piccolo scrittoio per ogni evenienza. La capanna era arroccata su una piccola collina, immersa tra fitti alberi e ramoscelli. Nella sua mente Jack non riusciva a contemplare chi mai avesse cercato di entrare a quell'ora. In mano aveva una lampada che, come il destino voleva, si stava spegnendo. L'unica arma che aveva era una pistola a salve che portava con sé, l'unica cosa che gli era permesso portare con sé secondo i protocolli di sicurezza dell'azienda.

La sua mente era bombardata da maledizioni, era che dopo sette giorni meravigliosi in quel posto, dopo quell'incidente, stava cominciando a diventare un maledetto incubo. Fortunatamente Jack non era nervoso e riusciva a mantenere la calma fino a quel momento. Quindi non poteva fare altro che aspettare e tenere la pistola a salve nel caso in cui un ladro avesse cercato di entrare.

Nella sua mente il viaggio serviva a mantenere la mente concentrata sui suoi progetti e a non morire di stress. Il quarantacinquenne Jack era un imprenditore di successo in un'azienda energetica che collaborava con il governo. Con un fatturato annuo di oltre 400 milioni di dollari, Jack era molto ricco all'epoca e particolarmente impegnato, ma aveva sempre trovato il tempo di fare questi viaggi lontano dal caos e dalla frenesia. Aveva sempre goduto di due settimane tranquille in questo modo. La sua famiglia conosceva la sua routine annuale, quindi non si preoccupava della sua sicurezza durante questi viaggi. E sapeva che sarebbe sempre stato bene ovunque fosse andato.

I rumori cominciarono gradualmente a diminuire. Jack si calmò un po', anche se nella sua mente continuava a pensare che il modo in cui venivano prodotti i rumori era sistematico, quindi non poteva trattarsi di orsi o di qualsiasi altro animale a quattro zampe in grado di farlo, dato che non ce n'erano in quella zona. Quindi, chiunque fosse il generatore di quella forza rumorosa che cercava di aprire la porta di quel posto: era di origine umana.

Nonostante la stanchezza e le appena tre ore di riposo, rimase sveglio, attento alla remota possibilità che la causa del mistero potesse tornare.

Verso le tre del mattino, con sollievo di Jack, la luce tornò inaspettatamente, suggerendo che la sua paura dell'intrusione umana era più che altro un prodotto della sua paranoia. Ora, con il ripristino di tutti i servizi, ritenne di essere stato vittima di una semplice pareidolia mentale, anche se alla fine si ricredette e capì che era reale. Senza perdere tempo, decise di chiamare rapidamente l'operatore della società.

"Mi dispiace disturbarla, signorina. Credo di essere stato svegliato da alcune persone qualche ora fa. Vorrei sapere se si tratta di uno dei suoi collaboratori", disse Jack con gentilezza al telefono.

L'operatore, agendo tempestivamente, ha effettuato alcune chiamate per confermare rapidamente che non si trattava di un membro del personale dell'azienda, suggerendo che poteva trattarsi di attività di animali come tassi o gufi.

Mi scusi, ma quello che ho vissuto non può essere frutto di un animale a quattro zampe o di un uccello. Qualcuno ha cercato di aprire la porta, anche la maniglia si muoveva. Sappiamo che nessun animale è in grado di farlo, a meno che non si tratti di scimmie, ma non siamo in Africa; siamo in Svezia, dove questi animali non esistono.

-Capisco, signor Jack Ramsin. Tra mezz'ora invieremo un addetto alla manutenzione nella sua cabina. La prego di attendere con pazienza e mi scuso per i disagi causati", ha risposto l'operatore con una nota di rassicurazione.

-Va bene", rispose l'uomo d'affari, sentendosi un po' più tranquillo.

Jack prese in mano un libro che era solito leggere, intitolato "Superare le sfide del CEO". Lo aprì con l'intenzione di passare il tempo iniziando a leggerne le pagine. Tuttavia, mentre cercava di divorare la prima pagina e di passare alla successiva, le sue palpebre cominciarono a chiudersi gradualmente, fino a cadere in un sonno profondo.

30 minuti dopo

"Signor Jack Ramsin, salve. Buonasera. Sono Bob, il tecnico della manutenzione. Sono qui per vedere che problema ha", disse il tecnico avvicinandosi alla porta.

"Che diavolo!" esclamò Mr. Jack, sorpreso, mentre saltava giù dal letto e andava ad aprire la porta. Aprendola, non trovò nulla all'esterno ed esclamò tra sé e sé: "Che diavolo sta succedendo?" Dando un'occhiata fugace intorno a sé, tutto appariva poco luminoso e il suo istinto gli diceva che qualcosa si nascondeva nell'oscurità. "Salve, signor tecnico, è in giro?".

Tuttavia, mentre l'istinto gli urlava di chiudere in fretta la porta, ricevette un colpo e tutto divenne buio.

Mezz'ora dopo

Jack aprì gli occhi lentamente, riprendendo conoscenza. Una voce roca e rauca riecheggiò dal fondo della stanza, chiaramente una voce maschile.

-Jack si sentiva stordito, anche se erano passati almeno 20 minuti da quando era stato colpito. -Chi è lei, signore? -chiese Jack, mentre veniva legato mani e piedi a una sedia. Quando si rese conto della situazione, fu preso dal panico, non sapendo cosa stesse succedendo.

-Esigo che mi liberiate! Chi siete? -gridò Jack, visibilmente turbato.

La voce cupa rispose: "Signor Jack Ramsin, ho aspettato tanti anni che lei facesse questo....

L'uomo d'affari non riuscì a trattenersi e rispose: "Di cosa stai parlando?" Quando capì che si trattava del tecnico della manutenzione dell'azienda, la sua furia si intensificò ulteriormente.

"Se me ne vado, non solo perderai il lavoro, ma andrai in prigione per...", iniziò a minacciare Jack, ma fu interrotto dall'uomo barbuto, che sembrava avere una trentina d'anni, ma ne dimostrava di più a causa di una bruciatura sul viso e di una vita probabilmente difficile.

"Si calmi, Mr Jack", disse l'uomo. Poi il tecnico si lasciò sfuggire una risata che riecheggiò nella stanza, ma si interruppe bruscamente, il suo volto si trasformò in un'espressione seria e piena di odio.

"Ricorda, signor Jack, la cameriera di oltre 20 anni fa e il ragazzo a cui hai gettato l'acqua bollente per aver cercato di difendere sua madre", disse l'uomo, alzandosi lentamente in piedi. Il volto di Jack passò dal cipiglio alla paura. Era un chiaro ricordo del suo oscuro passato.

"Jack riuscì a dire qualche parola prima di fermarsi e il tecnico annuì. Poi si lasciò andare a una risata.

"Sa, signor Jack, quando ha ucciso mia madre ha sbagliato a lasciarmi in vita", disse ridacchiando. "Ricordo ancora quando ha gettato il corpo di mia madre in quel burrone e mi ha lasciato con il volto bruciato dall'acqua in quel centro città. Ma tu pensavi che avrei dimenticato tutto, non solo le umiliazioni che hai inflitto a mia madre e gli stupri. Ora è arrivato il momento di pagare, e credetemi, il tecnico non sono io... quell'individuo è morto ora".

Il volto di Jack era madido di sudore, mentre la paura lo travolgeva contemplando la malizia sul volto dell'uomo. La tortura che lo attendeva era indicibile. L'uomo aprì una scatola piena di vari oggetti appositamente progettati per la tortura.

"Allora, cominciamo, signor Jack. Penso che le farò una pedicure e poi procederò a cambiare qualche dente..." disse avvicinandosi.

Grazie